Pour l'édition originale de ce titre propriété de Random House Children's Books,
un département de Random House, Inc., 1745 Broadway, New York,
New York 10019, États-Unis et paru sous le titre *Good Night, Little Bear* :
© 1961, Random House, Inc.
© 1989, Random House, Inc.

Pour la présente édition traduite par Tania Capron et publiée avec l'accord de Random House
Children's Books, un département de Random House, Inc. :
© 2010, Albin Michel Jeunesse, 22, rue Huyghens, 75014 Paris
www.albinmicheljeunesse.com – Dépôt légal : premier semestre 2010 – N° d'édition : 18679
Ean 13 : 978 2 226 19198 4
Loi n° 49-956 du 16 juillet 1949 sur les publications destinées à la jeunesse
Imprimé en France par Pollina s.a., 85400 Luçon - L52257B

BONNE NUIT, PETIT OURS

Une histoire de Patsy Scarry illustrée par Richard Scarry

ALBIN MICHEL JEUNESSE

– Il est temps d'aller au lit, Petit Ours !
Maman Ours referme le livre d'histoires
et fait un gros baiser à son ourson.

Ensuite, Petit Ours
court vers son gros
Papa Ours.

– Zouuuuu !

Papa Ours fait voler Petit Ours dans les airs
et l'installe sur ses épaules.

– Attention à la tête ! prévient Maman Ours.
Et Papa Ours galope vers la petite chambre douillette.

Criiiii, le petit lit grince quand Papa Ours
s'assied dessus.
– Allez, je me couche avec toi, dit-il.
Et il attend que Petit Ours descende.
Mais Petit Ours ne bouge pas. Il reste assis
sur les épaules de son papa en riant doucement.
Papa Ours attend patiemment. Il a un grand
bâillement d'ours.
Est-ce qu'il s'est endormi ?
Non, il ouvre les yeux dans un sursaut.

– Ça alors, j'ai dû faire un rêve,
déclare Papa Ours en s'étirant.
Mais où est donc Petit Ours ?
Pas de tête toute douce sur l'oreiller.
Sous l'oreiller, peut-être ?
Papa Ours regarde. Personne.
On dirait qu'il ne sent pas la petite patte
qui chatouille son oreille.

– Ah ah, il y a une bosse sous la couverture !
Papa Ours tapote la bosse.
Mais personne ne se met à rire ou à gigoter.
Est-ce bien Petit Ours ?

Mais non, ce sont le nounours et le lapin bleu,
qui attendent que Petit Ours vienne au lit !

– Ce coquin d'ourson s'est caché, annonce
Papa Ours à Maman Ours avec un clin d'œil.
– Il est peut-être sous le poêle de la cuisine,
répond Maman Ours, qui aime beaucoup
les farces.

Bing, bang !
Papa Ours entrechoque les casseroles.
– Attention, Petit Ours, j'arrive !
grogne-t-il de sa grosse voix d'ours.

Il regarde sous le poêle et sent
quelque chose de doux qui se cache dessous.
Est-ce bien Petit Ours ?

Mais non, c'est juste
une des vieilles moufles de Papa Ours !

Petit Ours met ses pattes devant sa bouche
pour ne pas rire, mais...
– J'ai entendu rire ce coquin d'ourson ! dit son papa.
Où peut-il bien se cacher ?

Derrière la porte de l'entrée, sûrement. Je vais
tourner la poignée tout doucement et l'ouvrir
d'un seul coup, pour le surprendre !
Mais non, pas d'ourson derrière la porte,
seulement une famille de lapins dodus
qui grignotent les salades du jardin.
– Pschiiiiiiiiiii ! souffle Papa Ours.

– Il se cache peut-être dans le coffre à bois, chuchote Maman Ours. Vas-y sur la pointe des pattes, tu pourras l'attraper.
Couic !
Il n'y a là qu'un minuscule souriceau.

Personne non plus là-haut, sur le buffet du salon.
– Ouille !
Petit Ours s'est cogné la tête.
– Quelqu'un a dit « ouille » ! s'exclame Papa Ours.
Qui a dit « ouille » ?
– Pas moi, répond Maman Ours,
qui s'amuse beaucoup.

– Bon, où peut bien être ce coquin d'ourson?
Il ne peut pas être parti... Pas ce petit gourmand
qui adore le gâteau au chocolat.
Et le gros Papa Ours se sert une énorme part de gâteau
au chocolat, juste sous le museau de Petit Ours.

Petit Ours a tout à coup très faim.

Et à ce moment, Papa Ours s'arrête devant le miroir.

– Il est là! grogne-t-il de sa grosse voix d'ours.

– Tu m'as cherché dans toute la maison! dit Petit Ours
de sa petite voix d'ourson.

Et il attrape la part de gâteau.

Ziouuuuu! Il descend des épaules de son papa,
saute sur le canapé, boing boing boing!
– Tu as vu, Maman, j'étais bien caché, hein?
Personne ne pouvait me trouver!

– Mais je t'ai trouvé, maintenant, dit Papa Ours.
Il emporte son ourson sous son bras,
et Petit Ours gigote en riant jusqu'à son lit.

– Dis, Papa, tu ne savais vraiment pas où j'étais ?
demande Petit Ours.
Mais Papa Ours rit et lui fait un clin d'œil.

Et toi, qu'en penses-tu ? Crois-tu qu'il le savait ?